Edmund Weiss

Über sprungweise Änderungen in einzelnen Reductionselementen eines Instrumentes

Antigonos

Edmund Weiss

Über sprungweise Änderungen in einzelnen Reductionselementen eines Instrumentes

Unveränderter Nachdruck der Originalausgabe von 1871.

1. Auflage 2024 | ISBN: 978-3-38635-073-0

Antigonos Verlag ist ein Imprint der Outlook Verlagsgesellschaft mbH.

Verlag: Outlook Verlag GmbH, Zeilweg 44, 60439 Frankfurt, Deutschland, info@outlook-verlag.de
Vertretungsberechtigt: E. Roepke, Zeilweg 44, 60439 Frankfurt, Deutschland
Druck: Libri Plureos GmbH, Friedensallee 273, 22763 Hamburg, Deutschland

Über sprungweise Änderungen in einzelnen Reductionselementen eines Instrumentes.

Von dem c. M. Prof. Dr. **Edmund Weiss.**

Unter den Fehlerquellen, denen Beobachtungen unterworfen sind, scheint mir eine besondere Classe, wahrscheinlich ihres sporadischen Auftretens, und ihres eigenthümlichen, nahezu unerklärlichen Verhaltens wegen, noch nie einer eingehenderen Untersuchung unterzogen worden zu sein. Ich meine damit temporäre, sprungweise Änderungen in einem einzelnen Reductionselemente, ohne irgend eine ersichtliche Ursache, und ohne irgend eine nachweisbare Affection der übrigen Constanten des Instrumentes. Da man indess das Vorkommen solcher sprungweiser Änderungen vielfach für unmöglich halten dürfte, mir jedoch eine durchgreifende Discussion dieses Gegenstandes in mancher Beziehung von keiner geringen Tragweite zu sein scheint, will ich die mir bekannten Fälle dieser Art so detaillirt wiedergeben, dass jeder sich selbst ein Urtheil über die Beweiskraft der angeführten Thatsachen und Berechtigung der darauf gebauten Schlüsse zu bilden im Stande ist.

Als im Jahre 1863 eine Bestimmung der Meridiandifferenz der Sternwarte Leipzig und dem auf dem Dablitzer Berge (einer etwa $1\frac{1}{2}$ deutsche Meilen nordöstlich von Prag gelegenen Anhöhe) errichteten Feldobservatorium vorgenommen werden sollte, wurde mir vom Herrn Director C. v. Littrow die Ausführung der von Seite Österreichs nöthigen Beobachtungen übertragen. Die persönliche Gleichung sollte durch einen Stationswechsel der Beobachter eliminirt werden: ich begab mich daher am 12. September nach Leipzig, um durch einige Zeit am dortigen Passageninstrumente von Liebherr und Utzschneider zu beobachten. Dasselbe war auf die gewöhnliche Art zwischen zwei Pfeilern aufgestellt, hatte eine Öffnung von 29 Pariser Linien, eine Brennweite von $2\frac{1}{2}$ Fuss und eine hundertfache Vergrösserung. Als ich nun die Beobachtungen vom 18. September am folgenden Tage reducirte, fand ich zu meinem nicht geringen Staunen, dass nur die Beobachtungen des Polarsternes δ *ursae minoris* denselben Collimationsfehler ergäben, wie die früheren Tage, dass hingegen die Zeitsterne einen ganz anderen beanspruchen, und die etwa $2\frac{1}{2}^{h}$ später beobachteten Registrirsterne weder mit dem einen noch dem andern, sondern einem dritten, von beiden bedeutend verschiedenen Collimationsfehler reducirt werden müssten. An der Neigung hatte sich im Laufe des Abendes nicht die geringste Anomalie gezeigt, sie stimmte im Gegentheil mit der vom 15. September, dem vorhergehenden Beobachtungstage, vollkommen überein. Eine allsogleich vorgenommene sorgfältige Untersuchung des Instrumentes in allen seinen Theilen führte zu keinem Resultate: ich fand alles in der besten Ordnung. Ich erwartete daher mit der grössten Spannung den Abend, der heiter zu werden versprach: es wuchs jedoch mein Staunen nicht wenig, als die Reduction der Beobachtungen desselben dem Instrumente wieder sehr nahe dieselben Correctionen zuwies, die es vor der unerklärlichen Störung des vorhergehenden Abendes gefordert hatte.

Um diese Verhältnisse gehörig übersehen zu können, werde ich hier auch die Reductionselemente hersetzen, welche aus den beiden dem 18. September vorhergehenden und nachfolgenden Beobachtungsabenden folgen. Dabei entnehme ich die Angaben des Niveau's, die Reduction der beobachteten Fadenantritte auf den Mittelfaden, sowie die Rectascensionen der Sterne dem Beobachtungsjournale, welches in der Abhandlung „Bestimmung der Meridiandifferenz Leipzig-Dablitz, für die von Herrn Generallieutenant J. J. Baeyer vorgeschlagene Mitteleuropäische Gradmessung, von C. v. Littrow"[1] vollständig zum Abdrucke gelangt ist. Aus diesen Zahlen werde ich jedoch hier die Reductionselemente des Instrumentes in einer etwas anderen Weise, die mir für diese specielle Untersuchung mehr zu conveniren scheint, ableiten.

____

[1] Denkschr. d. math.-nat. Cl. d. k. Akad. d. W. in Wien. Vol. XXIII.

Reducirt man zunächst alle Nivellirungen durch Hinzufügen der doppelten Zapfenungleichheit (W—O $= -3{.}^{\mathrm{p}}82$) auf Nivellirungen bei der Kreislage West, so erhält man:

1863	Sept. 11		Sept. 15		Sept. 18		Sept. 19		Sept. 23	
Uhrzeit d. Niv.	Kreislage	Nivel. bez. a. K. W.	Kreislage	Nivel. bez. a. K. W.	Kreislage	Nivel. bez. a. K. W.	Kreislage	Nivel. bez. a. K. W.	Kreislage	Nivel. bez. a. K. W.
$18^{\mathrm{h}}0$	W	$-1{.}^{\mathrm{p}}83$	W	$-1{.}^{\mathrm{p}}58$	W	$-1{.}^{\mathrm{p}}52$	O	$-1{.}^{\mathrm{p}}38$	O	$-0{.}^{\mathrm{p}}98$
18·6	O	—1·04	O	—1·14	O	—1·39	W	—1·38	W	—1·16
19·9	W	—1·69	W	—1·20	W	—0·76	O	—1·41	O	—1·35
22·3	W	—1·00			W	—1·60	O	—1·71	O	—1·54
23·1	O	—0·74			O	—1·05			W	—0·78
23·6					W	—1·40			O	—1·35

Diese Nivellements zeigen, dass die Neigung im Laufe eines Abendes sich sehr constant zeigte, und auch an dem fraglichen 18. September keine Ausnahme hiervon stattfand. Es wurde daher an jedem Abende das Mittel aus allen Nivellirungen gezogen, dies Mittel bezüglich um $+0{.}^{\mathrm{p}}96$ und $+2{.}^{\mathrm{p}}87$ corrigirt, um daraus die Neigung bei Kreislage Ost und West zu erhalten, und schliesslich mit dem Werthe eines Theilstriches: $1^{\mathrm{p}} = 0{.}^{\mathrm{s}}164$ in Zeitsekunden verwandelt. Die dadurch erhaltenen Zahlen sind in der folgenden Tabelle zusammengestellt, die ausserdem noch Collimationsfehler (ohne Einrechnung der täglichen Aberration), Azimuth und Uhrcorrection enthält. Der Collimationsfehler wurde täglich aus den Beobachtungen des Polarsternes *δ ursae minoris* abgeleitet, indem das Instrument während der Culmination desselben umgelegt wurde. Das Azimuth wurde immer aus den Beobachtungen des Polarsternes in Verbindung mit denen der Sterne *γ Draconis* und *α Lyrae*, von denen der erste in der einen, der letzte in der andern Kreislage beobachtet ist, berechnet. Die Uhrcorrection ist jene, welche in der oben citirten Abhandlung aus dem Inbegriffe aller Zeitsternbeobachtungen desselben Abendes ermittelt wurde. Am 11. September endlich beobachtete noch Prof. B r u h n s in Leipzig, an den folgenden Tagen aber durchgehends ich.

1863	Uhrzeit	Uhrcorrection	Nivel. bez. a. K. W.	Neigung		Collimations Fehler c^m	Azimuth k
				K. W.	K. O.		
Sept. 11	19ʰ·0	+1ᵐ57ˢ92	−1ᵖ·26	−0ˢ·049	+0ˢ·264	−0ˢ·369	−1ˢ·31
15	18·9	+1 57·97	−1·31	−0·057	+0·256	−0·295	−1·39
18	· ·	· · · ·	−1·29	−0·054	+0·259	−0·334	· ·
19	19·1	+1 57·70	−1·47	−0·084	+0·230	−0·300	−1·69
23	19·1	+1 55·97	−1·19	−0·038	+0·276	−0·276	−1·54

Der Anblick dieser Tabelle scheint wohl darauf hinzuweisen, dass während der ganzen Periode im Instrumente und seiner Aufstellung keine erheblichen Änderungen vorgegangen seien, und dass namentlich auch der Collimationsfehler nur sehr geringe Schwankungen um seinen Mittelwerth $c_\mathrm{w} = -0\overset{s}{.}315$ aufzuweisen habe. Dem widersprechen jedoch die Beobachtungen vom 18. September, von denen ich hier zunächst nur die Aug- und Ohr-Beobachtungen in einer allgemein verständlichen Anordnung mittheile.

I.

Name des Sternes	Grösse des Sternes	Durchgangszeit durch den Mittelfaden	Zahl d. Fäden	Correct. wegen Neig.	Rectascension d. Sternes	$u + mk$ $\pm c.$ sec. δ
Kreis West						
δ ursae min.	4·5	18ʰ14ᵐ 9ˢ63	10	−0ˢ·75	18ʰ 16ᵐ16ˢ32	+2ᵐ 7ˢ44
Kreis Ost						
δ ursae min.	4·5	18 13 54·01	8	+3·58	18 16 16·32	+2 18·73
α Lyrae	1·0	30 21·98	9	+0·32	32 20·40	+1 58·10
ζ¹	4·5	38 7·02	4	+0·32	40 5·79	58·45
β	var.	43 5·23	7	+0·29	45 3·94	58·42
δ²	4·5	47 46·89	6	+0·31	49 45·40	58·20
γ „	3·2	51 53·10	8	+0·29	53 52·05	58·66
49 Draconis	5·7	56 3·43	9	+0·46	58 2·63	58·74
Kreis West						
η Lyrae	4·5	19 7 12·23	7	−0·07	19 9 8·37	+1 56·21
x Cygni	4·5	12 1·92	5	−0·09	13 58·35	56·52
4	5·0	19 19·46	9	−0·06	21 15·93	56·53
8	4·6	24 47·13	9	−0·06	26 43·76	56·69
θ „	4·9	30 52·54	8	−0·08	32 48·75	56·26
γ Aquilae	3·0	37 52·67	9	−0·04	39 48·27	55·64
α	1·2	42 13·88	9	−0·04	44 9·50	55·66
β	4·0	46 42·94	7	−0·04	48 38·62	55·72

Die letzte Columne der Zeitsterne in einer für das folgende zweckmässigeren Form geschrieben, lautet:

II.

Stern	Uhrcorrection u	
	Kreis Ost	
α Lyrae	$u = +1^m58^s10 \quad -0\cdot28k \quad +1\cdot28c_w$	$+1^m57^s53$
ζ^1	$58\cdot45 \quad -0\cdot30k \quad +1\cdot26c_w$	$57\cdot92$
β „	$58\cdot42 \quad -0\cdot37k \quad +1\cdot20c_w$	$58\cdot05$
δ^2 „	$58\cdot20 \quad -0\cdot31k \quad +1\cdot15c_w$	$57\cdot70$
η „	$58\cdot66 \quad -0\cdot38k \quad +1\cdot19c_w$	$58\cdot32$
49 Draconis	$58\cdot74 \quad +0\cdot13k \quad +1\cdot76c_w$	$57\cdot15$
	im Mittel	$+1\ 57\cdot78$
	Kreis West	
η Lyrae	$u = +1\ 56\cdot21 \quad -0\cdot28k \quad -1\cdot29c_w$	$+1\ 57\cdot67$
$\varkappa$ Cygni	$56\cdot52 \quad +0\cdot05k \quad -1\cdot67c_w$	$57\cdot76$
4	$56\cdot53 \quad -0\cdot33k \quad -1\cdot24c_w$	$58\cdot03$
8	$56\cdot69 \quad -0\cdot36k \quad -1\cdot21c_w$	$58\cdot22$
θ „	$56\cdot29 \quad -0\cdot04k \quad -1\cdot55c_w$	$57\cdot57$
η Aquilae	$55\cdot64 \quad -0\cdot67k \quad -1\cdot02c_w$	$57\cdot50$
α	$55\cdot66 \quad -0\cdot69k \quad -1\cdot01c_w$	$57\cdot54$
β	$55\cdot72 \quad -0.71k \quad -1\cdot01c_w$	$57\cdot63$
	im Mittel	$+1\ 57\cdot74$

Aus den Beobachtungen von δ *ursae minoris* folgt der schon oben angeführte Collimationsfehler $c = -0^s334$ für Kreis West, und für das Azimuth $k = -1^s57$, wenn man das Mittel aus den Durchgangszeiten des Polarsternes durch den Mittelfaden bei Kreis W. und Kreis O. zieht, und daraus unter der Annahme eines Uhrstandes $u = +1^m57^s76$ der dem früheren zufolge unmöglich um Vieles fehlerhaft sein kann, das Azimuth berechnet. Beide Grössen passen ganz gut in die Reihe der Werthe dieser Correctionen, die zwischen dem 11. und 23. September gefunden wurden, geben aber, auf die Reduction der Zeitsterne angewendet, für die Uhrcorrection

$$u_o = +1^m58^s38 \text{ im Mittel der sechs Sterne bei Kreis O.}$$
$$u_w = +1\ 57\cdot18 \qquad „ \quad „ \text{ acht} \qquad\qquad \text{W.}$$

Der enorme Unterschied zwischen u_w und u_o ist seinem bei weitem grössten Theile nach nur durch eine Änderung des Collimationsfehlers wegzuschaffen, indem eine Variation des Azimuthes fast nur den absoluten Uhrstand $u = \frac{1}{2}(u_w + u_o)$ afficiren, aber die Differenz $u_w - u_o = -1\overset{s}{.}20$ so gut wie gar nicht verringern würde, da das Mittel der Declinationen der in beiden Kreislagen beobachteten Sterne sehr nahe gleich ist.

Nehmen wir daher an, der Collimationsfehler habe sich zwischen der Beobachtung von δ ursae minoris und α Lyrae aus unbekannter Ursache sprungweise geändert, und sei dann unverändert geblieben, so lässt sich der neue Werth desselben ziemlich sicher angeben. Nach Tafel II gibt das Mittel der bei Kreis Ost, und das Mittel der ersten sechs bei KW. beobachteten Sterne:

$$u = +1^m 58^s 43 \; -0 \cdot 25k \; +1 \cdot 32 c_w \text{ aus sechs Sternen bei KO.}$$
$$u = +1 \; 56 \cdot 31 \; -0 \cdot 27k \; -1 \cdot 33 c_w \quad _n \quad \text{sechs} \qquad \text{KW.}$$

Die letzten zwei bei KW. beobachteten Sterne wurden hier vorläufig weggelassen, um die Coëfficienten von Azimuth und Collimationsfehler in beiden Kreislagen möglichst gleich zu erhalten. Die beiden vorstehenden Gleichungen liefern nach u und c aufgelöst:

$$u = +1^m 57^s 37 \; -0 \cdot 26k$$
$$2 \cdot 65 c_w = -2^s 12 \; -0 \cdot 02k$$

also mit dem obigen Werthe von $k = -1^s 57$

$$u = +1^m 57^s 78$$
$$c_w = -0^s 79$$

Mit diesen Werthen, nämlich $c_w = -0^s 79$ und $k = -1^s 57$ ist die letzte Columne (u') der Tafel II gerechnet. Die Uebereinstimmung der aus den einzelnen Sternen folgenden Uhrcorrectionen u' unter einander, ist jedoch insbesondere bei Kreis Ost alles eher als befriedigend. Ich werde später noch einmal darauf zurückkommen.

Gehen wir jetzt auf die Registrirsterne über, so haben wir nach den Ablesungen auf dem Leipziger Registrirstreifen:

Name des Sternes	Grösse des Sternes	Durchgangs-zeit durch den Mittel-faden	Zahl d. Fäden	Correct. wegen Neig.	Rectascen-sion des Sternes	$u + mk$ $\pm\, c\ \sec.\delta$
		Kreis West				
ε Cephei	5·1	22^h 8^m 8^{s}71	19	—0^{s}10	22^{h}10^m 4^{s}35	+1^m 55^{s}74
2 Lacertae	5·0	13 31·18	25	—0·08	15 26·55	55·45
α	4·0	23 48·24	24	—0·08	25 43·65	55·49
8	5·7	27 55·76	25	—0·07	29 51·15	55·46
		Kreis Ost				
7953 B.A.C.	6·3	(22 40 2·73)	19	+0·48	22 42 2·40	(+1 59·19
15 Lacertae	5·0	43 57·10	15	+0·35	45 56·24	58·79
0 Androm.	3·7	53 43·04	23	+0·34	55 42·00	58·62
3 „	4·8	56 7·64	23	+0·40	22 58 7·10	59·06
8056 B.A.C.	6·5	22 59 8·25	5	+0·37	23 1 7·18	58·56
8 Androm.	4·9	23 9 29·70	20	+0·39	11 28·94	58·85
12	6·0	12 22·68	23	+0·32	14 21·49	58·49
		Kreis West				
72 Pegasi	5·0	23 25 18·51	25	—0·06	23 27 14·22	+1 55·77
λ Androm.	3·5	29 1·13	20	—0·08	30 57·01	55·96
79 Pegasi	6·2	40 52·78	23	—0·06	42 48·36	55·64
ρ Cassiop.	5·0	45 43·25	25	—0·10	47 38·76	55·61

Schreibt man auch hier wieder die letzte Columne in der selben Form wie früher bei den Beobachtungen mit Aug und Ohr, so hat man:

Stern	Uhrcorrection u	
	Kreis West	
ε Cephei	$u = +1^m 55^s74\ +0·16k\ —1·81c_w$	+1^m 57^{s}48
2 Lacertae	55·45 —0·14k —1·44c_w	57·25
α	55·49 —0·05k —1·54c_w	57·26
8	55·46 —0·28k —1·29c_w	57·32
	Im Mittel.	+1 57·33

Stern	Uhrcorrection u	
	Kreis Ost	
7953 B.A.C.	$u = +1^m 59^s19 \quad +0\cdot21k \quad +1\cdot87c_w$	$+1^m$ (56^s80)
15 Lacertae	$58\cdot79 \quad -0\cdot21k \quad +1\cdot36c_w$	$57\cdot62$
0 Androm.	$58\cdot62 \quad -0\cdot23k \quad +1\cdot34c_w$	$57\cdot51$
3 „	$59\cdot06 \quad -0\cdot05k \quad +1\cdot53c_w$	$57\cdot46$
8056 B.A.C.	$58\cdot56 \quad -0\cdot15k \quad +1\cdot42c_w$	$57\cdot24$
8 Androm.	$58\cdot85 \quad -0\cdot08k \quad +1\cdot50c_w$	$57\cdot33$
12 „	$58\cdot49 \quad -0\cdot30k \quad +1\cdot26c_w$	$57\cdot57$
	Im Mittel.	$+1 \quad 57\cdot46$
	Kreis West	
72 Pegasi	$u = +1^m 55^s77 \quad -0\cdot41k \quad -1\cdot16c_w$	$+1 \quad 57\cdot69$
λ Androm.	$55\cdot96 \quad -0\cdot14k \quad -1\cdot43c_w$	$57\cdot75$
79 Pegasi	$55\cdot64 \quad -0\cdot45k \quad -1\cdot13c_w$	$57\cdot59$
ρ Cassiop.	$55\cdot61 \quad +0\cdot17k \quad -1\cdot82c_w$	$57\cdot34$
	Im Mittel.	$+1 \quad 57\cdot59$

Die Beobachtung des Sternes 7953 B. A. C. ist bereits im Beobachtungsjournale als misslungen angeführt, und es weichen in der That die einzelnen Fädenantritte, auf den Mittelfaden reducirt, um mehr als eine Zeitsekunde von einander ab. Er wurde deshalb in den folgenden Untersuchungen ausser Acht gelassen. Die übrigen Sterne ergeben:

$$u = +1^m 55^s64 \quad -0\cdot14\,k \quad -1\cdot45\,c_w \quad \text{aus 8 Sternen bei K. W.}$$
$$u = +1 \;\; 58\cdot73 \quad -0\cdot17\,k \quad +1\cdot40\,c_w \qquad 6 \qquad\qquad \text{K. O.}$$

und damit:

$$2\cdot85\,c_w = -3^s09 \quad +0\cdot03\,k$$

also wieder $k = -1^s57$ setzend:

$$c_w = -1^s10.$$

Mit diesem Werthe ist die letzte Columne (u'') berechnet. Die Übereinstimmung der einzelnen Werthe von u'' unter einander lässt kaum etwas zu wünschen übrig, wenn man bedenkt, dass die Rectascensionen auf keine grosse Genauigkeit Anspruch machen können, da die Grösse der Sterne die fünfte fast nie übersteigt, in einzelnen Fällen aber sogar unter die sechste herabsinkt. Zugleich zeigen die Werthe von u'' keinen merklichen, von der Zenithdistanz abhängigen Gang, beweisen also mit einem allerdings nur mässigen Gewichte, dass das angenommene Azimuth von der Wahrheit nicht beträchtlich abweiche, mit anderen Worten, dass das Azimuth im Laufe des Abendes keine anomale Änderung erlitten habe. Es ist nämlich im Mittel aus:

ρ Cassiop. u. ε Cephei.... $u'' = +1^\mathrm{m}57\overset{\text{s}}{\cdot}41$ Azim. Coëf. $-0\cdot17$

α Lacert. 3 u. 8 Androm $\qquad\qquad\qquad\qquad\;\; 57\cdot35 \qquad\qquad\quad +0\cdot06$

λ Androm. 2 Lacert. und

$\qquad$ 8056 B. A. C. $\qquad\qquad\qquad\qquad\quad\;\; 57\cdot41 \qquad\qquad\quad +0\cdot14$

15 Lacert. u. 0 Androm... $\qquad\qquad\quad\; 57\cdot56 \qquad\qquad\quad +0\cdot22$

8 Lacert. u. 12 Androm... $\qquad\qquad\quad 57\cdot45 \qquad\qquad\quad +0\cdot29$

72 u. 79. Pegasi ...... $\qquad\qquad\qquad\; 57\cdot64 \qquad\qquad\quad +0\cdot43$

Es kann daher wohl keinem Zweifel unterliegen, dass das Fadennetz nach der Beobachtung des Polarsternes aus seiner normalen Position in eine zweite, wenn man so sagen darf, labile verschoben worden sei, in der es durch mehrere Stunden verweilte; dass es jedoch, wie die Beobachtungen der folgenden Tage darthun, nach einiger Zeit wieder in die ursprüngliche Lage zurückkehrte.

Bei dieser Erklärung bieten indess die Aug- und Ohrbeobachtungen eine Schwierigkeit dar, da sie zur Reduction einen dritten mittleren Werth des Collimationsfehlers fordern. Wir fanden nämlich:

$\qquad$ aus den Polarstern-Beobachtungen.... $c_w = -0\overset{\text{s}}{\cdot}33$

$\qquad\qquad$ Aug- und Ohr- $\qquad\qquad\qquad\quad\;\; = -0\cdot79$

$\qquad\qquad$ Registrir- $\qquad\qquad\qquad\qquad\quad\; = -1\cdot10.$

Wohl könnte man annehmen, dass die Verschiebung des Fadennetzes nicht sprungweise, sondern successive erfolgte, und es daher bei den Beobachtungen mit Aug und Ohr eine mittlere Lage inne hatte; allein abgesehen davon, dass ich dies, später mitzutheilenden ähnlichen Vorkommnissen zufolge, für sehr unwahrscheinlich halte, zeigen auch die grossen Differenzen, welche die einzelnen Werthe von u' (in Tafel II) unter einander aufweisen, dass der Collimationsfehler $c_w = -0\overset{\text{s}}{\cdot}79$ blos ein Rechnungsresultat ist, welches das Mittel der Beobachtungen bei Kreis Ost und Kreis West mit einander in Einklang bringt, aber keineswegs der Natur entspricht. Ich glaube vielmehr, dass bei den Beobachtungen der Zeitsterne mit Aug und Ohr das Instrument sich allerdings in einem Übergangstadium befand, während welchem noch mehrere Rückschläge auf den normalen Collimationsfehler vorkamen, und dass erst in der Pause zwischen den Aug- und Ohr-, und den Registrir-Beobachtungen eine gewisse Stabilität eintrat. In der That findet man, wenn man den ersten und letzten Werth des Collimationsfehlers mit c_1 und c_2 bezeichnet, also $c_1 = -0^s33$, $c_2 = -1^s10$ setzt und reducirt:

Kreis Ost.

α Lyrae	mit c_1	$u =$	$+1^m58^s01$
ζ^1	c_2		$57\cdot53$
β	c_2 .		$57\cdot68$
δ^2	c_1		$58\cdot27$
γ „	c_2 ..		$57\cdot96$
49 Dracon. „	c_1 ..		$57\cdot95$

Im Mittel $u = +1$ $57\cdot90$.

Kreis West.

η Lyrae	mit c_2	$u =$	$+1$ $58\cdot07$
$\varkappa$ Cygni	„ c_2		$58\cdot28$
4	c_1		$57\cdot46$
8 „	„ c_1		$57\cdot66$
θ „	c_2		$58\cdot05$
γ Aquilae	„ c_2		$57\cdot81$
β	c_2 .		$57\cdot85$
α	„ c_2		$57\cdot94$

Im Mittel $u = +1$ $57\cdot89$.

Die Uhrcorrection aus dem Mittel der Beobachtungen bei Kreis West, ist gleich jener aus dem Mittel der Beobachtungen bei Kreis Ost, wie es auch sein muss, wenn der Collimationsfehler richtig angenommen ist. Die Übereinstimmung der Werthe von u unter einander lässt zwar noch manches zu wünschen übrig, ist indess bei weitem besser geworden. Auch fallen jetzt die Hauptabweichungen auf jene Sterne, die an den wenigsten Fäden, also voraussichtlich am unsichersten beobachtet sind, und da dem Original-Tagebuche zufolge die Bilder der Sterne im Allgemeinen sehr unruhig waren, kann man eine gute Übereinstimmung schon von vorne herein nicht erwarten.

Die hier soeben nachgewiesene sprungweise Änderung des Collimationsfehlers steht übrigens nicht vereinzelt da. So findet sich bei der Mittheilung der Beobachtungen vom 8. October 1825 am Reichenbachischen Meridiankreise der Königsberger Sternwarte [1] folgende Notiz von Bessel:

„Gestern, nach der Beobachtung von α Lyrae, allein vor der Beobachtung der Zone, hat das Instrument eine bedeutende Veränderung erlitten, deren Ursache mir unbekannt ist. Der mittlere Faden wich sehr weit vom Meridianzeichen ab, die Axe hatte dieselbe Lage wie am 23. September, denn die Wasserwage zeigte 1·60 L. Ost, und nach der Umlegung 2·85 L. Ost; und nachdem der Faden durch die Schrauben am Netze auf das Meridianzeichen zurückgestellt war, zeigte das Instrument nach der Umlegung 2ʳ8 Ost, woraus hervorgeht, dass die Änderung allein im Fadennetze stattgefunden hat. Der Kreis wurde gegen Westen gewandt.“

Aus den weiteren Angaben ist ersichtlich, dass Bessel vom 23. September bis inclusive der Beobachtung von α Lyrae vom 7. October für den Collimationsfehler bei Kreislage Ost $c = -0^s190$, und von da bis zum Zurückschrauben des Mittelfadens auf das Meridianzeichen $c = -1^s932$ annahm, was auf eine Verschiebung des Fadennetzes um -1^s74 bei Kreislage Ost, oder um $+1^s74$ bei Kreislage West schliessen lässt. Nach dem Zurückschrauben des Fadennetzes und Umlegen des Fernrohres betrug der Collimationsfehler in Kreislage West $c = +0^s088$. Damit waren jedoch die abnormen Bewegungen des Fadennetzes noch nicht beendet. Denn als O. Struve bei Gelegenheit der Herausgabe der Weisse'schen Reduction von Bessel's Zonen zwischen $+15°$ und $+45°$ Declination, die Zonentafeln einer sehr sorgfältigen Revision unterziehen liess, fand sich bei der am 9. October 1825 beobachteten Zone 323 eine eigenthümliche Erscheinung, die er mit folgenden Worten beschreibt [2]:

„Zona 323 singulare offert phaenomenon. Extendit a 20^h58^m ad 22^h33^m et insunt stellae communes cum zonis 198, 309, 315

[1] Astron. Beob. auf der königl. Univ. Sternw. Königsberg XI, p. 62.

[2] M. Weisse, Positiones mediae stellarum fixarum in Zonis Regiomontanis a Besselio inter $+15°$ et $+45°$ Declinationis observatarum p. XXI.

et 319. In initio nulla vel minima tantum exstat differentia inter ascensiones rectas ex his vel illa deductas. Est enim inter $20^h 58^m$ et $21^h 16^m$

$$\alpha\, 323 = \alpha\, 315 \; -0^s 09 \text{ ex } 11 \text{ stellis}$$
$$\alpha\, 198 \; -0 \cdot 07 \qquad 2$$

tum subito apparent differentiae gravissimae quantitatis proxime constantis usque ad finem zonae, nempe

$$\alpha\, 323 = \alpha\, 198 \; +1^s 34 \text{ ex } \; 8 \text{ stellis}$$
$$\alpha\, 309 \; +1 \cdot 49 \qquad 14$$
$$\alpha\, 319 \; +1 \cdot 22 \qquad 6$$

unde per medium, ponderibus positis secundum numeros stellarum comparatarum evadit correctio $u\, 323 = -1^s 38$. Ad explicandum hunc transitum, variationem subitam in positione totius instrumenti vel alicujus ejus partis, ex. gratia reticuli, per vim externam effectam, supponere debemus“.

Es betrug daher der Sprung des Instrumentes an diesem Tage $-1^s 38 -0^s 09 = -1^s 47$, oder dies ganz auf den Collimationsfehler geworfen, bei einer mittleren Declination der Zone von $+24°$ die Variation desselben $-1^s 34$, während dem obigen zufolge die Verschiebung des Fadennetzes am 7. October auf $+1^s 74$ sich belaufen hatte. Beide Zahlen sind wohl um $0^s 40$ von einander verschieden; doch hat dieser Unterschied kaum viel zu bedeuten, da sich weder die Verschiebung des Fadennetzes vom 9. October mit grosser Schärfe ermitteln lässt, noch auch Bessel's Angabe $c = -1^s 932$ für den Collimationsfehler nach dem räthselhaften Sprunge vom 7. October auf einen sehr hohen Grad von Präcision Anspruch machen dürfte. Denn er kann diesen Werth wohl nur aus Einstellungen auf das Meridianzeichen erhalten haben, die er selbst im sechsten Bande pag. XIII der Königsberger Beobachtungen für wenig sicher erklärt, und auch der Umstand, dass die Collimationsfehler vor und nach dem Zurückschrauben des Fadennetzes ohne tägliche Aberration ($-0^s 012$) zu $-1^s 92[0]$ und $+0^s 10[0]$, also im Grunde nur au zwei Decimalen d. h. um eine weniger als sonst angegeben werden, spricht dafür, dass sie Bessel nicht für sehr genau hielt. Ich glaube daher annehmen zu dürfen, dass auch hier das Fadennetz am 9. October wieder ganz in jene Lage zurückgesprungen sei, die es vor der Störung am 7. October hatte, wenn auch nur auf kurze Zeit, da bei der bald darauf beobachteten Zone 324 das Instrument schon wieder in die Position zurückgekehrt war, die es beim Beginne der Zone 323 eingenommen hatte.

In dieselbe Kategorie, nämlich einer sprungweisen Verschiebung des Fadennetzes, scheint mir auch die Veränderlichkeit zu gehören, welche am Leidener Meridiankreise während der Bestimmung der Längendifferenz zwischen den Sternwarten Leiden und Brüssel auftrat. Prof. F. Kaiser gibt im II. Bande der Annalen der Sternwarte in Leiden einen ausführlicheren Bericht über diese Operation, dem ich die folgenden auf diesen Gegenstand bezüglichen Stellen entnehme. Zur Erläuterung bemerke ich nur noch, dass die Längenbestimmung zwischen dem 1. und 11. September 1868 ausgeführt, und der Meridiankreis täglich umgelegt wurde, und dass Dr. N. M. Kam, damals Observator der Sternwarte in Leiden, die bezüglichen Beobachtungen anstellte.

Auf Seite [154] des oben angezogenen II. Bandes der Annalen schreibt Prof. Kaiser:

„ . . . Während der ausserordentlich schönen Tage vom 1. bis 11. September 1868 hat Herr van Hennekeler täglich die Sonne, und um die Mittagsstunde α urs. min. mit einigen Fundamentalsternen beobachtet. Dabei wurden jedesmal die Meridianzeichen abgelesen, und der Collimationsfehler durch Niveau und Quecksilberhorizont bestimmt. Nachmittags, ungefähr um 6 Uhr, wurde von den Herren Kam und van Hennekeler das Instrument umgelegt, und unmittelbar vor und nach der Umlegung wurden die Meridianzeichen, das Niveau, und das Bild des Mittelfadens abgelesen. Um die Mitternachtsstunde stellte Herr Kam seine Beobachtungen für die Längenbestimmung an, welche jedesmal mit den oben genannten Ablesungen angefangen und beschlossen wurden. Aus den Ablesungen der Meridianzeichen geht hervor, dass das Azimuth des Instrumentes sich im Verlaufe eines der damals sehr warmen Tage, nur um einen sehr kleinen Bruchtheil einer Bogensekunde änderte. Leitet man den Collimationsfehler aus den Ablesungen der Meridianzeichen bei der Umlegung, ferner aus den Ablesungen die des Mittags, und aus denen, die um Mitternacht gemacht sind, ab, so findet man

liche Schwankungen im Azimuthe des Instrumentes, welche selbst
einen Betrag von 12″ erreichten, und durchaus unmöglich sind.
Ganz verschieden davon sind die Resultate der Beobachtungen
des Herrn van Hennekeler, obschon diese nicht absichtlich für
eine genaue Zeitbestimmung angestellt waren. Bedenkt man,
dass die täglich bestimmten Werthe des Collimationsfehlers keineswegs vollkommen sind, und dass bei einer Zeitbestimmung
aus dem Polarsterne und einem Äquatorsterne ein Fehler in dieser Bestimmung 2·3mal vergrössert in die Zeitbestimmung selbst
und 1·6mal vergrössert in das berechnete Azimuth des Instrumentes übergeht, so kommt man zu dem Schlusse, dass die Beobachtungen des Herrn Dr. van Hennekeler innerhalb der
gewöhnlichen Beobachtungsfehler, der aus den Hilfsapparaten
abgeleiteten Stabilität des Instrumentes und dem Werthe des Collimationsfehlers entsprechen.“

Endlich heisst es auf Seite [165]:

„Der Fehler in den Zeitbestimmungen des Herrn Dr. Kam
ist mir unerklärlich geblieben; doch unmittelbar fiel mir der
Zeichenwechsel der abgeleiteten Uhrgänge auf, woraus es sich
ergab, dass aus den sämmtlichen Beobachtungen des Herrn Dr.
Kam sich ein, wenngleich irriger Collimationsfehler ableiten
liess, womit sie wenigstens mit einander ziemlich gut in Übereinstimmung gebracht werden konnten. Leitete man aus den so
reducirten Beobachtungen die Uhrstände ab, für die Zeiten, wor-
auf diese von Herrn Dr. van Hennekeler bestimmt worden
sind, so kamen ihre Unterschiede sonderbar gut mit der bekannten persönlichen Gleichung zwischen den Herren Kam und van
Hennekeler überein. Der Unterschied betrug im Mittel nicht
einmal eine Zehntelsekunde.....“

Der letzte Passus zeigt, dass weder die Zeitbestimmungen
des Herrn Dr. Kam fehlerhaft sind, noch auch der aus ihnen ab-
geleitete Collimationsfehler ein irriger ist, sondern dass das Instrument während der Beobachtungen von Dr. Kam in der That
andere Reductionselemente erforderte, als während der Beobachtungen von Dr. van Hennekeler. Noch mehr wird man in
dieser Annahme bestärkt, beim Anblicke des folgenden (S. [170]
abgedruckten) Tableau’s, welches Dr. Becker mit dem aus der
Gesammtheit der Beobachtungen von Dr. Kam folgenden, als

constant angenommenen mittleren Collimationsfehler $c = -0^s186$ berechnet hat, und in dem die Stände der Uhr für $23^h 0^m$ Sternzeit gelten.

1868	Arml.	Corr. der Uhr	Tägl. Gang	Azimuth
Sept. 1	O	$-16^m 50^s 72$		$+0^s 12$
2	W	51·14	$-0^s 42$	$-0·04$
3	O	51·48	$-0·34$	$-0·06$
4	W	52·23	$-0·75$	$+0·24$
5	O	52·49	$-0·26$	$+0·06$
6	W	52·92	$-0·43$	$+0·03$
7	O	53·30	$-0·38$	$+0·12$
9	W	53·97	$-0·33$	$+0·09$
10	O	54·02	$-0·05$	$+0·12$
11	W	54·47	$-0·45$	$+0·17$

Wie man sieht, sind nicht nur die grossen Sprünge im täglichen Uhrgange, sondern auch die im Azimuthe verschwunden, und es stimmt auch das letztere im Mittel beiläufig mit dem Mittel von van Hennekeler's Azimuthen überein, sowie begreiflicher Weise jetzt die Uhrgänge beider Herren nahezu identisch sind. Genauer den Gegenstand zu verfolgen, ist leider nicht möglich, da Prof. Kaiser das dazu nöthige Detail nicht veröffentlicht hat.

Ich glaube daher auch hier annehmen zu dürfen, dass täglich vor der Beobachtung der Zeitsterne eine sprungweise Verschiebung des Fadennetzes um beiläufig $0^s 1$ (nämlich dem Collimationsfehler $-0^s 186$ aus den Beobachtungen der Sterne, weniger dem $-0^s 080$ aus den Ablesungen der Collimatoren) eintrat und nach den Zeitbestimmungen wieder eine Verschiebung im entgegengesetzten Sinne erfolgte. Man wird allerdings und mit Recht einwenden, dass schon das Stattfinden eines einmaligen Vorganges dieser Art sehr unwahrscheinlich sei: um wie viel mehr aber erst ein mehrmaliges so zu sagen periodisches Auftreten dieser Erscheinung. Allein trotzdem kann ich auch hierzu aus meiner eigenen Erfahrung ein wenigstens sehr analoges Seitenstück beibringen.

Im Herbste des Jahres 1864 wurde auf dem Laaerberge in der Nähe von Wien ($4^s 56$ östlich und $3' 4^s 3$ südlich von der k. k. Sternwarte) für Zwecke der europäischen Gradmessung Breite und für diese drei ganz verschiedenen Tageszeiten Resultate, welche im Mittel nicht einmal ein Zehntel Bogensekunde von einander verschieden sind[1]. Die Bestimmungen des Collimationsfehlers durch Niveau und Quecksilberhorizont zu drei ganz verschiedenen Stunden des Tages geben ebenso fast vollkommen dieselben Resultate, und diese kommen mit den aus den Meridianzeichen abgeleiteten sehr gut überein. Die täglichen Sternbeobachtungen des Herrn van Hennekeler sind mit allen diesen Ergebnissen vollkommen in Einklang, aber die Nachtbeobachtungen des Herrn Kam sind damit in Widerspruch.

ferner auf Seite [164]:

„. . . . Herr Dr. Kam brachte mir im December 1868 die ersten aus seinen Beobachtungen abgeleiteten Zeitbestimmungen, wobei er den Collimationsfehler angenommen hatte, so wie er jeden Tag mittelst des Niveaus und des Quecksilberhorizontes bestimmt worden war, und diese Zeitbestimmungen entsprachen Schwankungen nicht nur im Azimuthe des Instrumentes, sondern auch im Gange der vortrefflichen Hauptuhr Hohwü Nr. 17, welche ich für durchaus unmöglich halten musste. Nachdem ich mich bald überzeugt hatte, dass keine Rechenfehler die Ursache dieser sonderbaren Erscheinung waren, wünschte ich die Resultate der Zeitbestimmungen zu kennen, welche sich aus den von Herrn Dr. van Hennekeler um die Mittagsstunde angestellten Beobachtungen ableiten liessen, und diese wurden mir bald darauf verschafft. Herr Dr. Kam beobachtete jeden Tag den Stern α ursae min. in der unteren Culmination mit den übrigen für die Zeitbestimmung ausgewählten Pol- und Zeitsternen. Herr Dr. van Hennekeler beobachtete jeden Tag den Stern α urs. min. in der oberen Culmination mit zwei oder mehreren der Sterne α Bootis, η urs. maj., α Leonis und α Virginis, und nahm ebenfalls

---

[1] Nach der Zusammenstellung auf Seite [162] sind die Mittelwerthe des Collimationsfehlers für den ganzen Verlauf der zehn Tage vom 1. bis zum 11. September:

Aus den Beobachtungen um die Mittagsstunde: $c = -1{,}23$
Nachmittags um 6 Uhr $\quad -1{\cdot}12$
um die Mitternachtsstunde $\quad -1{\cdot}24$

im Mittel: $c = -1{\cdot}20$

den aus Niveau und Quecksilberhorizont abgeleiteten Collimationsfehler an. Die folgende Tabelle enthält nach Verbesserung einiger Rechnungsfehler die Zusammenstellung der Zeitbestimmungen, so wie ich dieselben von Herrn Dr. Kam erhalten habe.

Zeitbestimmungen von Dr. Kam.

1868	Arml.	St. Z.	Uhrstand	tgl. G.	Azim.
Sept. 1	O	23ʰ 3ᵐ	—16ᵐ50ˢ44		—1″09
2	W	23 3	51·55	—1ˢ11	+4·05
3	O	23 3	51·27	+0·28	—3·45
4	W	23 3	52·69	—1·42	+9·06
5	O	23 3	52·34	+0·35	—0·04
6	W	23 3	53·14	—0·80	+6·63
7	O	23 3	53·06	+0·08	—1·17
8	W	0 20	54·00	—0·90	+3·52
9	W	23 3	54·25	—0·26	+3·90
10	O	23 3	53·73	+0·52	—0·91
11	W	23 3	54·73	—1·00	+5·07

Zeitbestimmungen von Dr. van Hennekeler.

1868	Arml.	St. Z.	Uhrstand	tgl. G.	Azim.
Sept. 2	O	11ʰ 40ᵐ	—16ᵐ51ˢ22		+2″73
3	W	11 40	51·65	—0ˢ43	+4·03
4	O	13 13	51·99	—0·34	+2·85
5	W	13 54	52·65	—0·64	+3·51
6	O	12 33	52·96	—0·33	+1·92
7	W	12 48	53·31	—0·35	+2·13
8	O	12 38	53·59	—0·28	+1·18
9	W	13 44	53·97	—0·27	+1·26
10	W	13 44	54·13	—0·16	+1·36
11	O	12 48	54·35	—0·23	+2·68

Kleine Fehler in täglichen Zeitbestimmungen können bedeutende falsche Unregelmässigkeiten in den daraus abgeleiteten täglichen Uhrgängen zur Folge haben; aber so grosse Abwechslungen im Gange einer sehr vortrefflichen Uhr, als Herr Kam gefunden hat, lassen sich keineswegs aus gewöhnlichen Beobachtungsfehlern erklären, und sie zeigen, dass der angenommene Collimationsfehler des Instrumentes mit den Beobachtungen unvereinbar ist. Die für die einzelnen Tage angenommenen Werthe des Collimationsfehlers waren wenig von einander verschieden und deren Verbindung mit den Beobachtungen gab täg-

Azimuth bestimmt, und es betraute Herr Director v. Littrow mich mit der Leitung der bezüglichen Beobachtungen. Die Breitenbestimmungen mittelst Polarstern und mittelst Circummeridianhöhen wurden an einem, von Herrn G. Starke in der Werkstätte des k. k. polytechnischen Institutes verfertigten Universale angestellt, dessen verstellbarer, 10zölliger Höhenkreis direct von 5′ zu 5′ getheilt war. Die Parallelfäden der Ablesemikroskope, bei denen jeder Trommeltheil der Mikrometerschraube sehr nahe 1″ repräsentirte, waren durch eine Glasplatte mit einer eingeritzten Doppellinie ersetzt. Solcher Doppellinien waren in jeder Platte zwei, in einer Distanz von nahezu $4\frac{1}{2}′$ eingerissen, um mit einer halben Schraubenumdrehung zwei benachbarte Theilstriche einstellen zu können, und dadurch beim Mittelnehmen aus beiden Lesungen nicht nur von den zufälligen Theilungsfehlern unabhängiger zu werden, sondern auch zugleich einen Theil der periodischen Ungleichheiten der Schraube zu eliminiren.

Herr Director v. Littrow steht eben im Begriffe, einen detaillirten Bericht über die ganze Operation der kaiserlichen Akademie der Wissenschaften vorzulegen, in deren Denkschriften er in der nächsten Zeit erscheinen wird. Diesem Berichte entnehme ich nun die nachstehenden Indexfehler ($J = \frac{1}{2}$ Kr. West $+ \frac{1}{2}$ Kr. Ost) des Höhenkreises, wie sie aus, in der Regel je fünf Einstellungen eines Sternes bei Kreis Ost und West resultiren.

1864	Sternzeit	Stern	Indexfehler
Sept. 10	$21^{\mathrm{h}}38^{\mathrm{m}}$	ε Pegasi	$15°44′23″7$
10	8 38	α Ursae min.	25·7
11	21 38	ε Pegasi	23·7
11	22 35	η Aquarii	35·3
„ 11	23 36	γ Cephei	33·4
Inzwischen wurde der Kreis viermal um je 30° verstellt.			
Sept. 26	$21^{\mathrm{h}}40^{\mathrm{m}}$	ε Pegasi	$134°21′58″0$
26	23 1	α Pegasi	58·3
26	23 41	γ Cephei	60·1
27	21 38	ε Pegasi	59·7
27	10 43	α Urs. min.	46·7
28	18 41	α Urs. min.	57·3
28	19 49	α Aquilae	58·3

1864	Sternzeit	Stern	Indexfehler
Sept. 28	21ʰ 25ᵐ	β Cephei	134°21'59"6
28	22 28	η Aquarii	58·6
28	22 58	α Pegasi	58·0
28	23 33	γ Cephei	58·1
28	0 10	γ Pegasi	58·9
„ 28	0 54	ε Piscium	58·8

Kreis um 30° verstellt.

1864	Sternzeit	Stern	Indexfehler
Oct. 2	19ʰ 49ᵐ	α Aquilae	164°48'51"9
2	21 42	ε Pegasi	51·3
2	22 30	η Aquarii	50·2
2	23 0	α Pegasi	51·9
4	18 12	α Urs. min.	38·7
4	18 30	α Urs. min.	49·6
4	19 41	γ Aquilae	50·8
4	21 40	ε Pegasi	48·9
4	22 36	η Aquarii	50·5
4	23 2	α Pegasi	51·3
4	23 39	γ Cephei	49·6
4	0 10	γ Pegasi	47·3
4	0 53	ε Piscium	48·7

Den Kreis zweimal verstellt; zuerst um 15°, und hierauf um 80°.

1864	Sternzeit	Stern	Indexfehler
Oct. 17	17ʰ 19ᵐ	α Ursae min.	69°18'41"0
18	0 14	α	54·7
19	17 1		52·5

Beim Anblicke dieser Tabelle fallen sogleich mehrfach Sprünge im Indexfehler auf, wie am 11. September zwischen der Beobachtung von ε Pegasi und η Aquarii. Hier könnte man jedoch ganz einfach die Änderung des Collimationsfehlers für eine kleine, in Folge eines unbemerkten Stosses eingetretene Verschiebung des Höhenkreises halten: allein diese Erklärung ist schon bei der nächsten Gruppe unzulässig, indem die ersten vier bei dieser Stellung des Kreises beobachteten Sterne für den Indexfehler im Mittel $J = 134° 21' 59"0$ und die letzten sechs im Mittel $J = 134° 21' 58"5$ liefern, während aus einer dazwischen liegenden Beobachtung des Polarsternes $J = 134° 21' 46"7$ folgt. Dasselbe gilt auch von der dritten Gruppe, wo sich am 4. October überdies der merkwürdige Fall ereignete, dass in einer grösseren Reihe von Einstellungen des Polarsternes die ersten einen andern Indexfehler ergeben als die letzten, und die vorher und nachher beobachteten Sterne. Nimmt man ferner in jeder Gruppe

das Mittel der nahe gleichen Indexfehler, so erhält man für den
Betrag der Änderung des Indexfehlers:

$$
\begin{array}{lr}
\text{am 11. September} & 10{\cdot}0 \\
\text{27. \quad „} & 12{\cdot}0 \\
\text{4. October} & 10{\cdot}9 \\
\text{18.} & 12{\cdot}6 \\
\end{array}
$$

also Grössen, die so nahe constant sind, und von ihrem Mittelwerthe 11·4 so wenig abweichen, dass auch aus diesem Grunde
an Verschiebungen des Kreises nicht gedacht werden kann.

Eben so wenig kann diese eigenthümliche Erscheinung die
Folge einer Drehung des Mikroskopträgers sein, da eine solche
durch die Libelle hätte angezeigt werden müssen; es kann daher
ihr Grund nur in einer Verschiebung des Fadennetzes im Oculare
des Fernrohres oder in einer Verschiebung des Mikrometerapparates
eines Mikroskopes zu suchen sein. Um nun zu entscheiden, welcher
von beiden Fällen hier eintrat, habe ich aus dem Originaltagebuche
alle jene Beobachtungen des Polarsternes, bei welchen zwischen
den Einstellungen desselben eine ruckweise Änderung des Indexfehlers sich aussprach, von neuem reducirt, und zwar so, dass ich
die Reduction auf den Pol nicht an das Mittel der beiden Mikroskope, sondern an jedes einzelne anbrachte, um zu sehen, ob die
Variation des Indexfehlers sich gleichmässig auf beide Mikroskope
vertheile, was auf die erste Alternative hindeuten würde, oder
blos einem derselben zur Last falle. Dadurch entstand die nach-
folgende Zusammenstellung, zu der ich nur bemerken will, dass
die zweite Columne das Mittel der Lesungen an beiden Parallelfäden des Mikroskopes I, reducirt auf Bogensekunden enthält,
und die dritte Columne dasselbe für Mikroskop II. Die Reduction
auf den Pol ist mit Petersen's Tafel, in der Schumacher-
Warnstorffischen Sammlung von Hilfstafeln ausgeführt, und der
Ort des Polarsternes dem Nautical Almanac entnommen.

Sternzeit	Mikroskop		Correct. weg.		Reduction auf den Pol	Instrument. P.	
	I	II	Libelle	Refraction		I	II

1864 September 27.

Kreis Ost.

Sternzeit	Mikroskop I	II	Libelle	Refraction	Reduction auf den Pol	Instrument. P. I	II
18^h $8^m15 \cdot 8$	$356°35'26''21$	$18''69$	$-7''54$	$+51''79$	$-0°23'52''54$	$356°12'17''92$	$10''40$
11 $18 \cdot 8$	34 $21 \cdot 23$	$13 \cdot 90$	$-7 \cdot 97$	$+51 \cdot 76$	22 $47 \cdot 77$	$17 \cdot 25$	$9 \cdot 92$
14 $25 \cdot 8$	33 $15 \cdot 14$	$7 \cdot 39$	$-8 \cdot 18$	$+51 \cdot 73$	21 $41 \cdot 33$	$17 \cdot 36$	$9 \cdot 61$
16 $38 \cdot 8$	32 $24 \cdot 90$	$18 \cdot 02$	$-7 \cdot 65$	$+51 \cdot 70$	20 $53 \cdot 90$	$15 \cdot 05$	$8 \cdot 17$
18 $59 \cdot 8$	31 $36 \cdot 87$	$29 \cdot 04$	$-8 \cdot 18$	$+51 \cdot 68$	20 $3 \cdot 51$	$16 \cdot 86$	$9 \cdot 03$
					Im Mittel	356 12 $16 \cdot 89$	$9 \cdot 43$

Kreis West.

Sternzeit	Mikroskop I	II	Libelle	Refraction	Reduction auf den Pol	Instrument. P. I	II
18 26 $5 \cdot 8$	272 14 $43 \cdot 59$	$64 \cdot 73$	$-0 \cdot 21$	$-51 \cdot 60$	$+0$ 17 $30 \cdot 43$	272 31 $22 \cdot 21$	$43 \cdot 35$
28 $48 \cdot 8$	15 $42 \cdot 03$	$62 \cdot 88$	$+0 \cdot 11$	$-51 \cdot 57$	16 $31 \cdot 63$	$22 \cdot 20$	$43 \cdot 05$
31 $42 \cdot 8$	16 $43 \cdot 67$	$64 \cdot 81$	$+2 \cdot 13$	$-51 \cdot 54$	15 $28 \cdot 63$	$22 \cdot 89$	$44 \cdot 03$
34 $4 \cdot 8$	17 $35 \cdot 33$	$57 \cdot 87$	$+1 \cdot 59$	$-51 \cdot 51$	14 $37 \cdot 12$	$22 \cdot 53$	$45 \cdot 07$
36 $55 \cdot 8$	18 $36 \cdot 86$	$59 \cdot 05$	$+1 \cdot 17$	$-51 \cdot 48$	13 $34 \cdot 22$	$20 \cdot 77$	$42 \cdot 96$
					Im Mittel.	272 31 $22 \cdot 12$	$43 \cdot 69$

Sternzeit	Mikroskop		Correction weg.		Reduction auf den Pol	Instrument. P.	
	I	II	Libelle	Refraction		I	II.

1864 September 27.

Kreis West.

Sternzeit	Mikroskop I	Mikroskop II	Libelle	Refraction	Reduction auf den Pol	Instrument. P. I	Instrument. P. II.
$10^h17^m35\overset{s}{.}7$	271°30' 8"89	9"26	—6"38	—53"25	+1° 2'12"20	272°31'21"46	21"83
19 46·7	29 35·22	36·53	—5·95	—53·26	2 44·57	20·58	21·89
21 43·7	29 4·53	6·08	—6·17	—53·28	3 13·21	18·29	19·84
24 19·7	28 26·73	28·51	—4·68	—53·30	3 50·95	19·70	21·48
26 16·7	28 0·21	2·60	—5·32	—53·32	4 18·95	20·52	22·91
					Im Mittel	272 31 20·11	21·59

Kreis Ost.

Sternzeit	Mikroskop I	Mikroskop II	Libelle	Refraction	Reduction auf den Pol	Instrument. P. I	Instrument. P. II.
10 34 36·7	357 17 42·07	38·24	—5·64	+53·38	—1 6 15·47	356 12 14·34	10·51
36 41·7	18 9·89	5·83	—6·17	+53·40	6 43·78	13·34	9·28
37 55·7	18 26·48	21·78	—4·79	+53·40	7 0·37	14·72	10·02
39 29·7	18 50·16	45·15	—7·97	+53·41	7 21·34	14·26	9·25
40 52·7	19 7·50	2·49	—7·86	+53·42	7 39·68	13·38	8·37
44 8·7	19 48·58	44·84	—5·42	+53·45	8 22·39	14·22	10·48
45 47·7	20 12·80	7·68	—8·50	+53·46	8 43·65	14·11	8·99
47 14·7	20 30·49	25·66	—7·86	+53·46	9 2·17	13·92	9·09
48 40·7	20 46·67	42·80	—7·44	+53·48	9 20·30	12·41	8·54
50 0·7	20 63·40	58·84	—6·59	+53·49	9 37·03	13·27	8·71
					Im Mittel.	356 12 13·80	9·32

Kreis West.

10 55 14·7	271 21 33·89	37·51	−1·39	−53·52	+1 10 41·37	272 31 20·35	23·97
57 4·7	21 11·72	16·44	0·00	−53·53	11 3·38	21·57	26·29
11 0 17·7	20 34·98	37·47	−1·17	−53·55	11 41·36	21·62	24·11
2 5·7	20 13·05	15·65	−2·13	−53·56	12 2·31	19·67	22·27
4 14·7	19 49·79	52·72	−0·74	−53·57	12 26·87	22·35	25·28
					Im Mittel.	272 31 21·11	24·38

1864 September 28.

Kreis West.

18 21 48·2	272 13 12·21	15·91	−3·08	−52·05	+0 19 3·15	272 31 20·23	23·93
26 19·2	14 47·32	71·75	−1·39	−52·00	17 25·64	19·57	44·00
31 54·2	16 47·74	70·34	−0·74	−51·94	15 24·51	19·57	42·17
34 2·2	17 33·97	56·87	−1·28	−51·92	14 38·08	18·81	41·71
36 48·2	18 35·10	58·75	−0·85	−51·89	13 37·71	20·07	43·71
					Im Mittel. Erste Einst...	272 31 20·23	23·93
					2.—5. ..	19·50	42·90

Kreis Ost.

18 40 19·2	356 23 47·95	65·08	−4·79	+51·85	−0 12 20·83	356 12 14·18	31·31
43 23·2	22 40·82	58·91	−5·53	+51·80	11 13·67	13·42	31·51
45 47·2	21 48·26	67·30	−4·47	+51·78	10 20·96	14·61	33·65
48 12·2	20 54·58	72·90	−4·89	+51·75	9 27·85	13·59	31·91
51 35·7	19 41·68	60·34	−6·27	+51·72	8 13·12	14·01	32·67
					Im Mittel..	356 12 13·96	32·21

Die Resultate der vorstehenden Rechnung übersichtlich zusammengestellt, sind daher:

1864 Sternzeit	Kreis Ost			Kreis West		
	Mikroskop I	II	Zahl d. Einst.	Mikroskop I	II	Zahl d. Einst.
Sept. 27 18^h2	356°12'16"9	9"4	5	. . .	.	.
18·5	.		.	272°31'22"1	43"7	5
27 10·7	. . .	. .	.	272 31 20·6	23·0	10
10·7	356 12 13·8	9·3	10	. . .	. .	.
28 18·4			.	272 31 20·2	23·9	1
18·5	. . .	. .	.	272 31 19·5	42·9	4
18·8	356 12 14·0	32·2	5		.	.
Oct. 4 18·1	. . .	. .	. .	302 58 24·0	2·8	5
18·3	26 39 8·0	0·3	4			.
18·4	26 39 8·8	20·2	6	. . .	. .	.
18·6		.	.	302 58 23·9	25·5	5
Oct. 19 16·9	111 9 11·4	25·7	6	.		.
17·3	111 9 12·7	4·2	4	.		.

Hier sieht man auf den ersten Blick, dass Mikroskop I in
keiner der drei Gruppen eine verbürgbare Änderung erlitten, in
dem die kleinen Variationen in den Angaben desselben sich leich‑
aus den Beobachtungsfehlern u. s. w. erklären lassen. Anders
bei Mikroskop II. Dies zeigt in der zweiten und dritten Periode
je einen Sprung, in der ersten aber sogar deren drei: den ersten
September 27 zwischen 18^h2 und 18^h5, den zweiten zwischen
18^h5 und 10^h7 und den dritten, September 28 nach 18^h4. Bildet
man bei Mikroskop II die Differenz der Nachbarwerthe, zwischen
denen eine Verschiebung liegt, so erhält man für die Grösse derselben der Reihe nach:

$$
\begin{array}{lr}
\text{am 27. September} \ldots & 20"7 \\
\text{„ 28.} & 19·0 \\
\text{„ 28. „} & 22·9 \\
\text{4. October} & 19·9 \\
\text{4.} & 22·7 \\
\text{19. „} & 21·5 \\
\hline
\text{Im Mittel:} & 21·12
\end{array}
$$

Die Hälfte dieser Grösse, also 10″6 würde als Änderung des Indexfehlers auftreten, und diese Zahl ist, wie man sieht, so gut wie vollkommen identisch mit der früher aus grösstentheils anderen Beobachtungen dafür abgeleiteten 11″4. Zugleich sind auch hier die einzelnen Angaben für die Variation von Mikroskop II einander bis auf unverbürgbare Grössen gleich, indem der am meisten abweichende zweite Werth blos auf einer einzigen Einstellung in der einen Lage beruht. Die vorstehenden Untersuchungen führen daher, glaube ich, zu folgendem Ergebnisse:

Die Mikrometerapparate der Fernrohre und Mikroskope besitzen trotz sorgfältiger Adjustirung nicht immer jene Stabilität und Unveränderlichkeit, welche anzunehmen man sich bisher für berechtigt hielt; sondern sie besitzen zuweilen, wenn man so sagen darf, zwei verschiedene Ruhelagen. Aus bisher noch nicht bekannten Ursachen kann ein sprungweiser Übergang aus der einen dieser Lagen in die andere eintreten, ohne dass die übrigen Reductionselemente des Instrumentes merklich davon afficirt werden. Nach längerer oder kürzerer Zeit kann eine eben so sprungweise Rückkehr in die frühere Position stattfinden.

Solche sprungweise Verschiebungen treten unter Umständen auch bei anerkannt vorzüglichen Instrumenten auf, wie unter anderen bei dem Meridiankreise der Leidener Sternwarte und jenem der Königsberger, beim letzteren sogar unter den Händen eines Bessel. Sie kommen übrigens wahrscheinlich viel häufiger vor als man vermuthen sollte, und sind wohl nur deshalb so lange verborgen geblieben, weil man an deren Möglichkeit gar nicht dachte. Es wird nämlich wohl schon jeder, der sich mit Messungen irgend einer Art befasst, die Erfahrung gemacht haben, dass hin und wieder einzelne Beobachtungen, ja selbst ganze Reihen von den benachbarten Beobachtungen in einem gewissen Sinne abweichen, ohne dass man einen Grund hierfür anzugeben wüsste. Sind diese Abweichungen für Beobachtungsfehler zu bedeutend, so bleibt nichts übrig, als solche Beobachtungen als „verfehlte“ einfach wegzuwerfen, und dies umsomehr, als in der Regel die Reduction nicht unmittelbar, sondern erst nach einiger Zeit ausgeführt wird, wo eine Untersuchung der Aufschreibungen bis ins kleinste Detail nicht mehr thunlich ist.

Können solche Vorkommnisse nicht zum Theile in sprungweisen Änderungen der Reductionselemente des Instrumentes liegen? In der That musste z. B. die erste der hier wiedergegebenen Breitenbestimmungen durch den Polarstern am Abende des 27. September als „verfehlt" verworfen werden, weil sie ein mit den anderen Bestimmungen unvereinbares Resultat lieferte. Nicht minder traf dasselbe Schicksal einzelne Einstellungen am 28. September, 4. und 9. October.

So starke Sprünge wie in den oben discutirten vier Fällen können allerdings nicht unbemerkt bleiben, und daher auf das gesuchte Resultat keinen schädlichen Einfluss ausüben, weil die davon afficirten Beobachtungen als „fehlerhaft" ausgeschieden werden. Allein es frägt sich, ob nicht Sprünge von geringerer Grösse weit häufiger vorkommen dürften, als so bedeutende, ja man muss dies von vornherein für viel wahrscheinlicher halten. Tritt nun ein solcher Fall ein, so wird man die Beobachtungen nicht ohne weiteres als „verfehlte" bezeichnen und demgemäss weglassen können; sondern im Gegentheile beibehalten müssen, und ihnen höchstens als „unsichereren" ein geringeres Gewicht zutheilen. Der Erfolg hiervon ist der, dass die Endresultate mehrerer Beobachtungsreihen nicht so gut mit einander harmoniren werden, als man aus der Übereinstimmung der einzelnen Resultate unter einander zu erwarten berechtigt wäre. Auch dies ist eine wohlbekannte Thatsache, die man constanten Fehlerquellen zuschreibt, und ich glaube nicht zu irren, wenn ich annehme, dass unter diesen constanten Fehlerquellen häufig eine sprungweise Änderung einzelner Reductionselemente eines Instrumentes sich befindet.